Hamburger Ansichten

und

Ansichten eines Hamburgers

Eberhard Möbius
Ole West

Tidenhub-Verlag Norderney

Reizvoll ist es, Hamburger Ansichten mit Zeichenstift und spitzer Feder zu Papier zu bringen. Vor allem, wenn ein Künstler da ist, der fantasievoll den Zauber des Verborgenen findet. Ole West hat die Fähigkeit, im Betrachter die Lust zu wecken, Altbekanntes und Alltägliches neu zu deuten. Man kann sich an einer Stadt auch stumpf sehen, ist man nicht gewillt, die Pfade des Gewohnten zu verlassen. Eine Fülle von Hamburger Ansichten hat der Künstler in der Stadt entdeckt, und wir können nur eine Auswahl davon vermitteln.

Mit den „Ansichten eines Hamburgers" wird die Sache schon komplizierter. Kaum ist der „Verein geborener Hamburger" in der Lage, seinen Mitgliederstand aus vorhandenen Eingeborenen zu decken. Damit zeigt sich das ganze Dilemma. Kriegswirren, Maueröffnung und Zuwanderung verkleinerten ständig den Kreis derer, die stolz sagen konnten: „Ich bin ein geborener Hamburger!"

Nun also die Ansichten eines Hamburgers, der doch auch nur ein Zugewanderter ist. Der sich allerdings stolz „Lizenzhamburger aus Leidenschaft" nennt. Diese Spezies bringt oft mehr Fanatismus für das Gemeinwesen auf, als alte Hamburger verkraften können. Ähnlich wie Fußball-Fans vom F.C. St. Pauli, die sich auch von einer Niederlage in ihrer Begeisterung nicht bremsen lassen.

Colonnaden

Schmuddelwetter...
Colonaden
3/2000

DEUTSCHES SCHAU
DEUTSCHES SCHAU
Deutsches Schauspielhaus

Meine Frau Christa, geborene Hamburgerin aus Harvestehude, und ich haben eine einleuchtende Methode entwickelt, Hamburg nicht zur Gewohnheit werden zu lassen. Von Zeit zu Zeit mieten wir uns in Hamburger Hotels ein und saugen die Stadt wie Touristen auf. Das „Vier Jahreszeiten" ist dafür ein idealer Standort und nimmt dem Gast schnell die Schwellenangst vor der traditionsreichen Institution. Bestellen Sie sich von hier eine Fahrrad-Rikscha zum Rundkurs um die Binnenalster und durch die Innenstadt. Sie werden verblüfft feststellen, selten so vielen fröhlichen Menschen begegnet zu sein. Traumschiff-Touren der Alsterflotte komplettieren das Vergnügen. Sie selbst verwandeln sich, und eine neue Sicht der Dinge ist angesagt. Die Bildbeschreibungen von Ole West von den Colonnaden oder der Alten Post sind es, die uns begeistern. Er kommt von der Insel Norderney und ist ebenso begierig wie wir, bisher Übersehenes aufzuspüren. Doch was steckt noch hinter Giebeln und Fassaden? Wo gibt es neue Einsichten, Ansichten und Aussichten?

Gut, die Parteien und damit die Politik wechseln, aber es scheint unabänderliche Konstanten zu geben: die Vorurteile. Schon Joachim Ringelnatz sagte in seinem Hamburg-Gedicht: „Du sprichst von Kunst? Ach, Hummel, Hummel – Kunst." Er musste es wissen. Hat er doch in Hamburg das Dichten erlernt. Allerdings das Abdichten von Dächern mit Dachpappe der Marke Ruberoid. Auch sonst bedient er die bekannten Klischees. Also: von Kultur keine Spur! Pfeffersack-Mentalität.

Irrtum Numero eins. Die Kultur läuft nicht mit Plakaten wie auf Demos herum und ruft: Hier bin ich! Sie entsteht wie andernorts auch in der Stille. Siegfried Lenz ist als getreuer Chronist dafür ein beredtes Beispiel. Dichter zu Hauf, von Barthold Heinrich Brokes, Dehmel, Liliencron bis Lenz und Ulla Hahn. In unzähligen Ateliers entsteht Überraschendes und viele Galerien führen in die Welt der bildenden Kunst ein. Ein Hamburger Kurzfilm brachte es sogar zu Oscar-Ehren in Hollywood.

Fast 50 Bühnen spiegeln Zeit und Leben wider. Auch hier sind alle Spielarten möglich. Vom ehrwürdigen, ständig umstrittenen und dadurch neugierig machenden Schauspielhaus, der Staatsoper, dem Thalia – über Entertainment und Comedy-Bühnen bis zum einzigen hochseetüchtigen Theater Europas DAS SCHIFF, dem ständigen Gast der Kieler Woche.

Mal sind die Etablissements frei und unsubventioniert, mal halbfrei und geldbedacht oder voll subventioniert (wofür immer einzutreten ist), damit auch Neues, Unkonventionelles entstehen kann. Ob der Betrachter zustimmt oder nicht, bleibt zum Glück Ansichtssache. Der Hamburger will nur mitreden, wenn offensichtlich in der Kunst, oder was man dafür hält, Geld zum Fenster hinausgeworfen wird. Doch jeder Euro, der für Kunst und Kultur ausgegeben wird, fließt 1,4-fach als Gewinn zurück.

MusiKhalle
2000

Hamburg ist übrigens die Hochburg der Stiftungen. Die Taschen der Pfeffersäcke sind also nicht so zugeknöpft wie das Vorurteil weismachen will. Kaum ein Theater, das nicht seinen Freundeskreis hätte. Kunsthalle oder Musikhalle wären ohne die Kaufmannschaft nicht gebaut worden.

Rötlich-brauner Backstein gehörte in der Vergangenheit zum bevorzugten Baumaterial. Die Feuerstürme verwandelten im Bombenhagel das Bild. Beton musste Verlorenes ersetzen. Wenige architektonische Perlen blieben erhalten, wie das Chile-Haus von Fritz Höger oder Bauten von Fritz Schumacher. Ja, sogar Fachwerkhäuser am Nikolaifleet haben durch private Initiative der Abrissbirne getrotzt. Denn schon in den zwanziger Jahren machte das Wort von der Freien und Abrissstadt Hamburg seine drohende Runde. In aller Welt gerühmt, ist nun Glas zum Baustoff der Zukunft geworden. Darum sieht Neues in Hamburg eben auch aus wie in aller Welt.

Man kann immer noch kleine bauliche Kostbarkeiten entdecken: Gebäudeportale, versteckte Treppenhäuser und Fassaden in Jugendstil und Art deco. Große, eckige Kästen an der Elbstraße öffnen den Blick nicht gerade zum Strom und widersetzen sich dem typischen Schlagwort: gediegen. Junge Familien mit Kindern kann man sich in dieser Büroflut nicht vorstellen. Möge der künftigen Hafen-City dieses Schicksal erspart bleiben.

CHILEHAUS
I Z E I
Chilehaus
+
Polizeiwache

Hbg. Architektur

Trostbrücke
Börsenbrücke
Ecke

Eingang
Alte Post

Hamburg-Deichstraße

An Genehmigungen und Ausführungsbestimmungen scheitern oft hochfliegende Pläne. Wo man Förderer sucht, finden sich viele Verhinderer. Ein seltsam zäher Vorgang in kleinen Amtsstuben, in denen Macht- und Einflussstreben die Entscheidungsfreude verdrängt. Der Jungunternehmer, von der Handelskammer gehätschelt, wird in Geduldsproben getestet. Durchsteht er die ersten fünf Jahre seiner Selbstständigkeit, kann er mit Stolz neue Häfen ansteuern. Erfahrung steht hier gegen Ansichtssache und die ist natürlich persönlich zu verstehen.

Wird über die großen Linien der Politik in Hamburg gesprochen, Stichwort „wachsende Stadt", ist Kultur ein Fremdwort, oder es erschöpft sich in der Begeisterung über gewinnbringende Musical-Produktionen. Selbstverständlich haben auch sie den Standort gefestigt, Lebensqualität und Bekanntheitsgrad erhöht. Doch das tut auch DESY, Blohm + Voss, Airbus und die Lufthansawerft, Beiersdorf mit Nivea nicht zu vergessen.

Doch noch einmal zurück zur Kultur, Natur kommt später. Natürlich scheint sie aus Sicht der Kulturverwalter eine bitterernste Sache zu sein. Aber, oh Wunder, sie soll auch Freude machen. Mit Helmut Schmidt, bekannt durch das Aufhalten der Elbeflut und der Erfindung des Euro, organisierten wir einst mit Friedrich Schütter in den siebziger Jahren eine Reihe: Kunst kann Freude machen. Damit ist nicht etwa Comedy gemeint, denn die gab es damals noch nicht. Fußballer schrieben auch keine Bücher wie Effe, sondern hielten, wie Uwe Seeler, dem HSV die Treue. Wie in der Wirtschaft, wird auch in der Kunst manches in den sprichwörtlichen Sand gesetzt. Doch ich kenne keinen Regisseur, der sich vornimmt, einmal einen ordentlichen Flop hinzulegen.

Begleitet man, wie ich, über 40 Jahre hamburgisches Geschehen auf allen Gebieten, festigt sich die Erkenntnis, dass die Hansestadt ein Ort ist, um Träume zu verwirklichen. Doch wer in Hamburg träumen will, muss sehr wach sein. Sicher ist es nicht das schlechteste Prinzip, erst zu helfen, wenn sich zeigt, dass keine Luftschlösser gebaut werden. Die Sattheit eines finanziellen Polsters hat oft geschadet. Der „leere Raum" des unübertrefflichen englischen Theater-Zauberers Peter Brook hat beispielhaft unglaubliche szenische Fantasien freigesetzt.

Ivan Nagel zeigte 1979, dass es möglich ist, mit dem „Theater der Nationen" Hamburg theatralisch zu verhexen. Drei Wochen lang zog das Fest weit über die Stadt hinaus die Menschen in seinen Bann. Bühnen aus der ganzen Welt von Peking über Paris, New York und London zeigten ihre Produktionen. Fremde Kulturen gingen wie von selbst in der Hefe Hamburgs auf.

Und es rechnete sich. 60.000 DM nicht ausgeschöpfte Mittel wurden zum Schluss für die Renaturierung der Alsterwiesen eingesetzt. Leider wird so etwas in Hamburg zu schnell vergessen, oder die Macher von heute interessiert es nicht. Ansichtssache? Nein, Vergeudung von schlummernden Ressourcen.

DB
2000
Hbg. Dammtor, hier ist......

Noch ein Vorurteil. Der Hamburger ist kontaktarm, verschlossen, schwer zu begeistern. Erlebt man 40 Jahre lang das Gegenteil, kann dieses Gefühl gar nicht erst aufkommen. Es kommt doch immer darauf an, wie ich selbst auf andere Menschen zugehe. Mit Offenheit sind in der Hansestadt die besten Erfahrungen zu machen. Wer sich verschließt, ist an seiner Vereinsamung selbst schuld.

Schon immer war Hamburg weltoffen. Trotz aller Bemühungen der Werbeateliers, neue Slogans für das „Hoch im Norden" zu erfinden, hält sich hartnäckig das Wort vom „Tor zur Welt". Über Jahrhunderte hat der Hamburger Kaufmann seine Geschäfte mit Singapur, Kapstadt oder Valparaiso gemacht. Dass Valparaiso ein Vorort von Hamburg ist, zeigt die kleine Geschichte einer Mutter aus Harvestehude, die ihre Tochter in Winterhude, auf der anderen Seite der Außenalster, seltener sieht als den Sohn, der in der Niederlassung in Chile arbeitet. „Mein Feld ist die Welt", sagt auch Albert Ballin, und das Tropeninstitut in der Bernhardt-Nocht-Straße mit seinem imposanten Backsteinbau kennt man rings um den Erdball. Wo bleibt da Platz für Fremdenfeindlichkeit? Höchstens in mancher Amtsstube der Ausländerbehörde, in der Aktenlage über Menschlichkeit gesetzt wird. Hier sollten noch Lernprozesse einsetzen, ist meine Ansicht.

Der heute vielfach pervertierte Begriff der Globalisierung war unter anderen Sichtweisen stets ein Prinzip der „Versammlung Eines Ehrbaren Kaufmanns zu Hamburg e.V.". So nennt man diese Gilde seit 1517. Wenn der Senat zum Matthiae-Mahl die befreundeten Mächte einlädt, hält er damit seit 1351 eine weltoffene Tradition hoch. Nicht umsonst ist Hamburg nach New York die zweitgrößte Konsularstadt der Welt. Über 90 Länder unterhalten hier ihre Vertretungen, und der Titel Honorarkonsul schmückt manche Hamburger Visitenkarte.

Diese Stadt hatte nie Fürsten, Könige oder Kaiser an ihrer Spitze. Die Stadt-Republik ist am besten mit Venedig vergleichbar. Nebenbei haben wir hier, mit über 2000, mehr Brücken als die Serenissima. In dem Raum, in dem der Senat tagt, dem Senatsgehege, das mit Waffen nicht betreten werden darf, gibt es über den Köpfen nur ein Glasdach. Ausdruck dafür, niemanden über sich zu haben als den Himmel und das Geschick, das von dort aus möglicherweise gefügt wird. Ein Freizeitparlament lenkt die Geschäfte der Stadt mit mehr oder weniger Fortune. Aber wo ist das schon anders?

Von Ascan Klee Gobert, Vater des berühmten Thalia-Theater-Intendanten Boy Gobert, und 1946 erster Kultursenator der Hansestadt, kennen wir die Bemerkung: „Der Hamburger hat vor drei Dingen Angst: Zugluft, nasse Füße und SPD!" Dennoch wurde diese Partei 44 Jahre lang zum Motor der Stadt, und erst als der zu heftig stotterte, wurde sie in die Wüste geschickt. Damit hielt ein zusammengewürfeltes Völkchen Einzug in den Plenarsaal, der nun manchmal an die Villa Kunterbunt erinnert. Doch nach zwei Jahren trieb es eine schillernde Figur zu wild und wurde buchstäblich entwaffnet. Das zeigt, dass es selbst in einer Hansestadt unhanseatisch zugehen kann. Und so etwas „kann der Hamburger nicht ab!".

Ungeheuer neue Akzente zu setzen, ist bei leeren Kassen keinem möglich. Doch ständig muss man auf der Hut sein, dass mit großen Firmen kein Ausverkauf stattfindet. Auch Strom, Wasser, Gas sind Lebensadern der Stadt. Privatisierungen haben selbst in England und Amerika zu erheblichen Nachteilen geführt. Dadurch verschwinden nicht nur Steuerzahler, sondern auch Sponsoren für viele Aktivitäten. Da es viele Arbeitsplätze kostet, muss um so dringender um alle global operierenden Unternehmen gekämpft werden. Das gehört ebenfalls zu dem Anspruch, eine Weltstadt zu sein.

BIS HAMBURG
GLORIA
St. Katharinen
2000

Dieser Anspruch gründet sich übrigens auf dem Zusammenschluss von sieben Mittelstädten in der Größe von Fürth bis Mönchen-Gladbach. So bleibt die Magistrale zwischen Blankenese und Bergedorf überschaubar. Die Bezirke haben einen Bezirksamtsleiter, den die Einwohner gern ihren „Bürgermeister" nennen. Da aber der Ministerpräsident in Hamburg auch nur Bürgermeister, wenn auch „Erster", genannt wird, kann ihm die Anhäufung weiterer Bürgermeister nicht gefallen. Macht hat er schon. Seit kurzem auch die Richtlinienkompetenz. Er kann also durchaus auch jemanden rausschmeißen.

Und mit Stolz begrüßen! Besuche ausländischer Potentaten, ob König von Tonga oder englische Queen, empfängt er traditionell an der obersten Stufe der imposanten Rathaustreppe. Dafür darf sich dann der Gast atemlos in das Goldene Buch der Stadt eintragen.

Die Freiheit der Freien und Hansestadt gründet sich auf einen Freibrief Kaiser Barbarossas von 1189, der als gut gemachte Fälschung im Staatsarchiv aufbewahrt wird. Seine Geschichte beschreibt meine folgende Ballade:

Der Freibrief

Als Kaiser Rotbart lobesam
zu Neuburg an die Donau kam
und wollte grad ins Heilge Land,
da kam ein Bote angerannt.
Er wollte schnell von Hamburg grüßen,
warf sich dem Kaiser tief zu Füßen
und sagte: „Lieber Herr und Christ,
mein Hamburg wüst und öde ist !
Durch Stade leidet's große Not,
nur Bier gibt's da und wenig Brot.
Ein Freibrief würde uns gut passen,
der muss sich doch schnell schreiben lassen!"
Der Kaiser dachte nicht sehr lang,
bevor er auf das Pferd sich schwang,
hat er auf einen großen Bogen
´nen einzgen Federstrich gezogen.
Klatsch, schon fließt aus heißem Tiegel
rotbraun das Barbarossa-Siegel.
„Der Text, Herr Kaiser," rief verdattert
der Bote. Doch davongeknattert
ist Kaiser Rotbart lobesam,
der bald darauf zu Tode kam.
Nach Hamburg kam der Mann zurück –
sprach vorm Senat: „Das war kein Glück.
Ich bring an eines Freibriefs statt
nur einen Gruß auf leerem Blatt."
Man schmunzelt – sieht verständnisvoll
das leere Blatt – und findet's toll !
„Keen Sülver ist vun sülwsten glatt –
mok wat ut di – denn büst du wat !"
Man malt verschnörkelt und verkleckst
den „echten" Barbarossa-Text.
Im Team hat man den Brief begossen.
Er ruht im Staatsarchiv – verschlossen.
Einmalig ist's im ganzen Reiche,
dass Schwindel und Piratenstreiche,
solang das stolze Hamburg steht,
man jährlich mit `nem Fest begeht.
Hätt' Barbarossa aufgepasst,
die „Freie Stadt" – säß' heut' im Knast!

...laß uns
Kaffeesieren – wo?
Im Alsterpavillon
... in grün fand ich
ihn besser, den
MICHEL – na ja
nu isser nu mal so,
So!
ALSTERPAVILLON
2000

Da wir gerade bei Festen sind: Urkundlich bekannt sind große Alsterfeste seit 1650. Die Krönung von Erzherzog Joseph zum Römischen König 1690, mit der Hamburg herzlich wenig zu schaffen hatte, wurde dennoch mit einem gigantischen Feuerwerk gefeiert. Den Einwohnern gefiel das, und so wurden nun alle Gelegenheiten genutzt, um die Festbären von der Kette zu lassen. Gab es keine offiziellen Anlässe, so ging das Vergnügen privat über die Alster. Bis der Senat am 11. Oktober 1717 dergleichen Ausschweifungen per Dekret verbot. Die beiden bezaubernden Alsterbecken sind durch Fehlberechnungen fähiger Ingenieure entstanden. Sie halfen aber dem Wassermüller Reese an der Reesendammbrücke, mit Hilfe des Flüsschens, Wasser auf seine Mühle zu bringen.

Mal hat man mit Wasser zu tun, und mal auch mit Feuer. So 1842, als der Feuerteufel die ganze Innenstadt in Trümmer legte. „Füer in de Diekstraat!" Die Fachwerkhäuser brannten wie Zunder, und die Meinung, zum Schutz hochprozentigen Rum in die Fleete zu gießen, erwies sich als folgenschwerer Irrtum. Der brennende Alkohol wurde zur Feuerschlange, die sich zischend weiter schlängelte. Die Schädlichkeit von Alkohol ist damit hinreichend bewiesen. Allein die Handelskammer, Herz der Kaufmannschaft, wurde durch den unermüdlichen Einsatz von Menschen gerettet, die alles andere als Feuerwehrleute waren.

Doch schon zwei Jahre später, nachdem Hilfe für Hamburg aus der ganzen Welt kam, konnte auf einer künstlichen Insel auf der Binnenalster das erste große norddeutsche Sängerfest gefeiert werden. Gründung des Deutschen Reiches, Besuche von Kaiser Wilhelm und anderen hohen Herrschaften waren dem republikanischen Stadtstaat stets ein Fest wert. Nach dem Motto: Immer feste druff! gerieten die Feste in neuerer Zeit aus dem Ruder. Hörte man früher gern den Ruf:

2000
Alsterarkaden

„Hammonia, Hammonia"! so gipfelt es heute in „Hareico! - Hareico"! oder ähnlichen bekannten Bockwurstmarken. Ob Hafenfest oder Alsterlaune, das kulinarische Angebot vereinfachte sich in Wurst und Bier.

Dabei bieten sich Hamburger Plätze besonders an, sie mit interessantem Flair zu schmücken. Einst waren Plätze Mittelpunkt von Gemeinwesen. Hier sprudelten die Brunnen, die Tratschereien und Erlebnisse der Wäscherinnen. Hier erledigten Plappermäuler im frühesten Mobbing missgünstige Nachbarinnen, und die Männer erledigten in den umliegenden Braustätten die Politik.

Gewiss hat der Krieg auch Hamburg die schmerzlichsten Wunden zugefügt. Feuerstürme ließen nur hohle Fassaden zurück. Vielen anderen Städten ging es ebenso. Dass man den Schuldigen an dem Massaker einst zum Ehrenbürger der Stadt machte, sollte erwähnt, aber auch schnell vergessen werden. Nach dem Krieg hat man einsichtsvoll den peinlichen Auftritt eliminiert.

Zurück zu den Plätzen! Die Erinnerungen an Venedig tauchen auch hier auf. Ist doch die Anordnung des Rathausmarktes zur kleinen Alster mit den Chateauneuf-Arkaden der Piazza und Piazetta nachempfunden. Ein Blick auf Stadt-Veduten, die Ansichten von Francesco Guardi, Canaletto oder Pietro Longhi, beweisen die Größe und Schönheit solcher Menschentreffs. Die Bilder zeigen auch die Möglichkeit, diese künstlerisch mobil zu nutzen und nicht mit Zeltwäldern vollzuknallen. Auch ein Problem der Planungen! Ging der Aufbau Hamburgs nach dem Kriege, besonders bei Bürgermeister Max Brauer, zügig voran, so stockte er von dem Augenblick an, wo sich die Verwaltungen verfestigten. Das trieb groteske Blüten.

Das Erlaubnisverfahren, auf der Mönckebergstraße Stühle und Tische für ein Straßencafé aufstellen zu dürfen, glich den Planungen zum Bau eines Kernkraftwerkes an der Außenalster. Teilweise wurde bis zu 35 Jahre um solche Stadtverschönerungen gerungen.

So liegt auch die Planung des Domplatzes immer noch in den Schreibtischen von Baubeamten und Abgeordneten. Da Katholisches nicht mehr ins Stadtbild passte, wurde der Dom 1806 abgebrochen, und die Steine verkauft.

Mit einer ihrer Kirchen sind die Hamburger jedoch wesentlich liebevoller umgegangen. Denn ihr Turm überragt alles, ist Gruß weit ins Land hinein und leuchtet für die Seeleute aus aller Welt. Genannt wird er ganz einfach: der Michel! Wo du auch bist, er sieht dich an! Ist Zeitmesser und Orientierungspunkt für jedermann. Auf der Titelzeichnung von Ole West steht er richtungsweisend vor der Karte Hamburgs. Als er 1906 abbrannte, war es den Bürgern eine Verpflichtung, ihn schnellstens wieder zu errichten. Doch auch jetzt, wo der Zahn der Zeit seine Spuren an Mauerwerk und Portalen eingräbt, lässt Bürgersinn den Strom der Spenden nicht versiegen, denn St. Michaelis ist ein kraftvolles Symbol für Zusammenhalt eines Gemeinwesens. Aber zurück zum entkirchten Domplatz.

Er blieb einer der wertvollsten Parkplätze der Stadt. Verschönt durch kaum sichtbare Reste der Hammaburg aus dem 1. Jahrhundert. Man hört, dass die Pläne jetzt schon garen, aber wo sind die Köche?

Andere Plätze teilen das Schicksal Dornröschens. Eine reizvolle Aufgabe unserer Kulturinteressierten, über Ästhetik und Nutzen städtischer Plätze zu diskutieren. Es hat mir Spaß gemacht, auf dem Rathausmarkt

Durch die Arkaden
1995

1998 praktisch auszuprobieren, was an neuen Ideen möglich ist, als es galt, dem Hallerbau (Rathaus) den hundertsten Geburtstag zu verschönern.

„Die schlafende Schöne“ nannte Helmut Schmidt seine Heimatstadt. Es gilt ständig an ihrer Erweckung zu arbeiten. Früher war der Hamburger ängstlich bemüht, seine Schönheiten für sich zu behalten. Inzwischen wächst und wächst der Touristenstrom zum Wohle aller. Darum gilt es, das Herz blank zu putzen. Das Herz ist die City und die zahlreichen Leerstände zeigen, dass Habgier stärker als Gemeinsinn sein kann. Unbezahlbare Pachten vertreiben kleinteiligen Handel und schaffen höchstens Platz für Ketten von Edelboutiquen. Hamburg als Klamotten-Town kann nicht Ziel aller Wünsche sein.

Fachgeschäfte verschwinden. Vielleicht ist Fachberatung nicht mehr gefragt. Rechnet sich nicht, wenn man jede Auskunft vom flimmernden grauen Kasten herunterladen kann. „Europa-Passage“ heißt das Zauberwort, das der Innenstadt zum wirtschaftlichen Durchbruch verhelfen soll. Der Durchbruch von der Hermannstraße zum Ballindamm erinnert mich an die Einkaufsmeile „Lafayette“ an der Berliner Friedrichstraße. Zu allen Tageszeiten tote Hose! Das Netz der Galerien und Passagen in Hamburg ist auch für Touristen dicht und gut gespannt.

Doch südlich der Elbe entstehen Wunder von Innovation und Kreativität rings um den Harburger Hafen. Motor der Entwicklung war und ist die Technische Hochschule mit hohem internationalem Standard. Hier drängeln sich die Investoren von selbst.

Dieses soll kein Reisebericht sein. Es sind die Ansichten eines Zeichners und eines Wahl-Hamburgers, mit Vorlieben und Entdeckerfreuden. Kennen Sie das Wilhelmsburger Milchmuseum? Fälschlicherweise wird Sylt oft „die Insel“ und heimlicher Vorort Hamburgs genannt. Eine echte Hamburger Insel ist Wilhelmsburg.

Anschluß: Krt. 47
Hamburger Jachthafen
Tonnenhafen
Hafen Schulau
Willkomm-höft
Kraftwerk Wedel
Ölraffinerie
Tinsdal
Wittenbergen
Tafelberg
Solltiefe 13,5m
Radarlinie
Tankerlöschbrücke
Hamburg Port VHF 14, 6
Leitdamm
Hanskalbsand
Somfletherwisch
Neuenschleuse
Hahnöfer Nebenelbe
Naturschutz
Radar-Station
Neßsand
34'
53°

2000
BLANKENESE
Bismarckstein (87)
Süllberg (85)
Blankenese Iso.4s 41m 16M
Blankenese Iso.4s 84m 20M
Mühlenberg
Nienstedten
Klein Flottbek
Radarlinie
Plan B
Ach ja, Blankenese ...

Schmelztiegel von Kulturen, grüne Lunge und zukunftsweisender Ort der Bundesgartenschau 2013. Nun bekommen wir wenigstens die Olympiade der Gänseblümchen.

Das perfekte Ringsherum-Verkehrsnetz führt zu den schönsten Punkten des Großraums. Hat man den Mut, zu entdecken (und das Auto stehen zu lassen), kann man in Blankenese den Bismarckstein umrunden. Zwischen Krumdal und Waseberg (Spezialstrecke für Jan Ullrich) finden Sie Ansichten wie am Lago Maggiore zwischen Ronco und Brissago. Vorteil dem Tessiner Lago gegenüber: Hier können Sie Containerriesen von Hapag Lloyd, von Maersk und den Orient-Overseas-Container-Lines vorüberziehen sehen. Das Herz der Arbeitswelt mit 130.000 Beschäftigten ist und bleibt der Hafen, und noch immer ist diese Wunderwelt eine Besichtigung wert.

Wiederbelebt werden konnte auch die Tradition des Süllbergs, eine der feinsten Adressen. Aber in der Nähe liegt eine Oase der Ruhe: „Schuldts Kaffee- und Biergarten“ im Treppenviertel. Eine Terrasse wie in der Wachau. Mit Blick auf das bunte Bild der Blankeneser Kapitänshäuser, über die Elbe zum Airbus-Gelände, dem kühnen Schwung der Köhlbrandbrücke und den Harburger Bergen im Hintergrund. Warum nicht auch mal wieder zu Hagenbeck, dem einzigen Tierpark Deutschlands, der ohne Subventionen auskommen muss? Doch er besticht durch die besonders liebevoll gepflegte Anlage.

Die Stadt ist Drehkreuz des Nordens und bemüht sich, die Traditionen einer Hansestadt zu den nordischen Nachbarn aufrecht zu erhalten. Einflussreiche Unternehmer, Kaufleute und Reeder nutzen die Chancen einer friedlichen Ostsee. Schon Tucholsky lobte die Elbmetropole: Stadt der Liebenden – Stadt der kraftvollen Arbeit.

Noch Vorurteile? Aber ja. Hamburger sind leichtgläubig! Die feine Gesellschaft weist es weit von sich. Leider stimmt es! Sonst wären sie nicht auf Gebäudereiniger in US-Paradeuniformen (Köpenick lässt grüßen), Gewinnversprecher (Wohnsitz Kapstadt) mit Luftschlössern oder gnadenlose Richter, die eine ganze Stadtregierung zum Trudeln bringen, reingefallen. Aber Erfahrungen sollen ja heilende Wirkung haben.

Letztes Vorurteil: Das Hamburger Schmuddelwetter! Die Klimakatastrophe hat es vertrieben. Der Kilimandscharo trägt im Sommer keine weiße Kappe mehr, die Alpengletscher schmelzen, und München hat mehr Niederschläge als Hamburg, wo man schon mit Schirm zur Welt kommen soll.

Ob „schoin Tass' Kaffe" oder „Latte macchiato" ist Ansichtssache, doch nirgends ist der Herbst so golden und der Sommer so strahlend wie hier. Ansichten führen auch zu Einsichten. Darum: Hamburg ist die schönste Stadt der Welt! Ich möchte nirgendwo anders leben. Das ist nicht Ansichtssache, sondern ein Credo!

Ole West

Ole West wurde 1953 in Wedel/Holstein bei Hamburg als Sohn des Kunstmalers Gerhard West geboren. Im Alter von 12 Jahren bekam er den ersten Zeichenunterricht beim Wedeler Kunstmaler Albert-Ludwig Glaser.

1975 – 1979 studierte er an der Fachhochschule für Gestaltung in Hamburg, Fachrichtung Kinder- und Jugendbuchillustration sowie Malerei bei den Professoren S. Oelke und M. Grossmann und beendete sein Studium mit dem Abschluss als Dipl.-Designer. Danach entstanden verschiedene Entwurfsarbeiten für Hausfassaden, Messestände, Großgrafiken, Film-, Prospekt- und Schriftmalerei, u.a. für das Studio Hamburg des NDR und das Ernst-Deutsch-Theater.

Ole West arbeitet seit 1982 als freier Maler und Zeichner. Er lebt seit 1984 auf der Nordseeinsel Norderney, wo er seine Arbeitsschwerpunkte auf Radierungen, Öl- und Aquarellmalerei sowie Mischtechniken legt. Hier gründete er auch 1985 seine Malschule für Erwachsene, die er bis 1990 leitete.

Seit 1990 wurden von ihm limitierte Originalausgaben verschiedener Editionen herausgegeben, unter anderem 1991 das Buchprojekt „Niedersächsische Impressionen".

Im Jahre 1990 war Ole West für drei Wochen der Künstler im Projekt „Dorfmaler" in Unterlüß sowie 1992 für drei Wochen Stadtmaler in Bad Bentheim. 1993 nahm er an der Cleveland Drawing Biennale, Middlesborough/GB teil, gefolgt von Studienreisen u.a. nach Skandinavien, Schottland, Wales, Cornwall, Frankreich, Italien und den USA.

Einzelausstellungen in der gesamten BRD und Delfzijl (NL), Groningen (NL), Ribe (DK), Hølsted (DK), Tondern (DK), ArtExpo New York (USA) und GALERIA New York (USA).

Fernsehportrait des Norddeutschen Rundfunks N3 – Ole West – 45 min. 2001.

NDR Fernsehproduktion mit Ole West im Nordwesten von Irland, Mai 2003. 45 min.

Bilder von Ole West befinden sich in öffentlichen und privaten Sammlungen des In- und Auslandes, wie z.B. im Trinity House, National Lighthouse Centre in Penzance (GB), im Deutschen Schiffahrtsmuseum, Bremerhaven, und im Museum Aquariom, Delfzijl (NL). Mit einer eigenen Sammlung von Grafiken ist Ole West im Albert-König-Museum, Unterlüß, vertreten.

Ankäufe machten u.a. das Deutsche Schiffahrtsmuseum Bremerhaven, das Albert-König-Museum, Unterlüß, die Stadt Cuxhaven, der Kunstförderverein Cuxhaven und die Stadt Bentheim.

Eberhard Möbius

Eberhard Möbius wurde am 11. Oktober 1926 in Wernigerode, der „Bunten Stadt am Harz", geboren. Nach Arbeitsdienst und Marinezeit in dunklen Tagen begann er am 5. November 1945 seine Laufbahn als Schauspieler mit der Rolle des Jakob im „Strom" von Max Halbe am Stadttheater Wernigerode. 1948 folgten die Städtischen Bühnen Quedlinburg mit dem Harzer Bergtheater Thale, und nach wenigen Jahren begann er an den Landesbühnen Sachsen in Dresden und der Felsenbühne Rahen mit ersten Regiearbeiten und Gastspielen am Staatstheater. Nächste Station war das „Theater der Werftstadt Stralsund", wo er von 1954 bis 1958 als Schauspieldirektor wirkte. Das Gastspiel seiner Truppe am „Jungen Theater", Hamburg, hatte, da keine Genehmigung der Partei vorlag, folgenschwere Konsequenzen.
Am 8. November verließ er die DDR und versuchte in Hamburg den Neuanfang, zunächst im Hafen als Schiffs- und Kesselreiniger bis 1964, unterbrochen nur durch Gastinszenierungen am „theater 53" in Hamburg, Rendsburg, Verden, Uelzen und Lübeck.
Friedrich Schütter engagierte Möbius an das „Junge Theater" als Dramaturg und Spielleiter. Er war auch am Aufbau des neuen Hauses an der Mundsburg beteiligt und inszenierte am „Theater für Kinder", an den Städtischen Bühnen Köln, Berlin und Antwerpen.
Als Künstlerischer Leiter des Kindertheaters von Uwe Deeken schrieb er über 20 Stücke für Kinder, die zum Teil heute noch in den Spielplänen zu finden sind.
1959 lernte er seine Frau Christa kennen, sie heirateten 1961 und träumten gemeinsam den „Traum aus Holz und Eisen", den Traum vom eigenen Theaterschiff.
Am 13. Oktober 1975 war es soweit. Unsubventioniert und erfolgreich nahm DAS SCHIFF seine Arbeit auf und wurde zur Hamburger Institution.
Neben 36 Eigenproduktionen kritischer Kleinkunst gehörten zur Schiffs-Crew Künstler wie Heinz Reincke, Gert Fröbe, Peter Ustinov, Otto Schenk, Helmut Lohner und Senta Berger. Das aus einem Besan-Ewer, Stapellauf 1912, umgebaute Theaterschiff steuerte zu Gastspielen 8-mal Bremerhaven, 5-mal Helgoland und 16-mal die KIELER WOCHE an.
Die Crew trat im Europa-Parlament in Straßburg und oft bei der EG und EU in Brüssel auf. Heute hat DAS SCHIFF, auf dem Möbius auch weiter in der Künstlerischen Leitung wirkt, seine Fahrten nach Kiel und an die Küste wieder aufgenommen.
Christa und Eberhard Möbius erhielten im Jahr 1995 vom Senat die Biermann-Ratjen-Medaille. 1998 wurde er mit dem Max-Brauer-Preis der Alfred-Toepfer-Stiftung F.V.S. ausgezeichnet.
Neben der Arbeit auf dem SCHIFF entstand für den NDR die fünfteilige Werftserie „Engels & Consorten", für das ZDF die 13-teilige Serie „Briefgeheimnis" sowie diverse Fernsehspiele, wie der Speicherstadtfilm mit Heinz Reincke.
1973 brachte der Rowohlt-Verlag den pädagogischen Reisebericht „Die Kinderrepublik" heraus, und inzwischen erschien das Buch in der Schweiz, in Frankreich, Amerika, Japan und Korea.
Mit Kultursenator Biallas erfand Möbius 1975 das „Alstervergnügen" als künstlerisches Innenstadtfest. Ein Straßentheater-Festival in Zusammenarbeit auch mit Amsterdam, Helsinki, Montreal und Venedig.
In Kassel gestaltete er 1981 das Kulturprogramm der Bundesgartenschau und organisierte Großveranstaltungen, wie 1979 das „Theater der Nationen" für Ivan Nagel, „Einhundert Jahre Rathaus", „125 Jahre Blohm + Voss" und zahlreiche Eröffnungen der KIELER WOCHE mit Künstlern aus aller Welt.

Herausgeber
Tidenhub Verlag OHG E. West & M. Rohde
Hamburger Ansichten und Ansichten eines Hamburgers
Eberhard Möbius · Ole West
ISBN 3-9809026-1-7
Herstellung DrägerDruck GmbH & Co., Lübeck
1. Auflage Oktober 2003